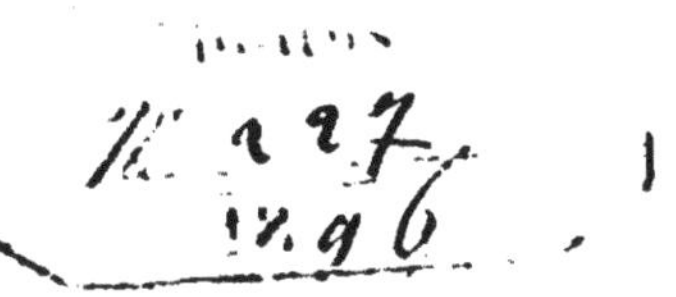

APHONIDE ET PYRGOS

TRAGÉDIE

EN TROIS ACTES ET EN VERS

PAR

ÉDOUARD GRENIER

PARIS

ALPHONSE LEMERRE, ÉDITEUR

23-31, passage Choiseul, 23-31

M DCCC XCVI

APHONIDE ET PYRGOS

TRAGÉDIE

EN TROIS ACTES ET EN VERS

PAR

ÉDOUARD GRENIER

PARIS
ALPHONSE LEMERRE, ÉDITEUR
23-31, passage Choiseul, 23-31

M DCCC XCVI

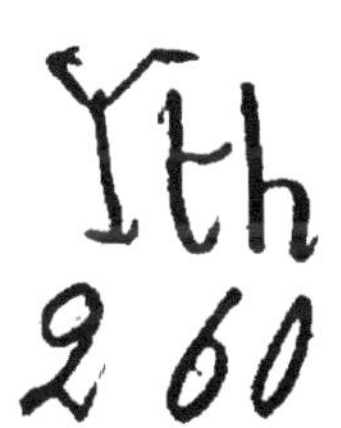

A DAPHNÉ

Vous souvient-il encore d'une belle journée d'hiver, il y a deux ans, où, sur les pentes de l'Acropole, vous vous donniez la peine, pour un hôte passager, de prendre l'empreinte des génies ailés qui décorent le siège de l'hiérophante, au théâtre de Bacchus? Le soleil de l'Attique nous inondait déjà de ses chauds rayons, et, tandis que sous l'œil du vieux gardien de ces ruines et d'un petit chevrier curieux, vos doigts légers se promenaient avec art sur les contours à demi effacés du marbre antique, vous me racontiez une légende de Laconie que vous teniez de votre aïeule. Je n'ai rien oublié de cette heure heureuse, ni ces ruines si belles, ni la complaisance de la jeune Athénienne, ni la légende de son pays. Ce récit m'avait charmé. J'y ai pensé bien souvent depuis que j'ai quitté la Grèce, et je regrettais de ne l'avoir pas fixé dans un cadre poétique, comme je l'eusse fait sans doute au temps de ma jeunesse. Cette année enfin, sur les bords du Léman, au milieu des glaciers et des brumes de l'hiver, le souvenir de ce jour plein de soleil m'est revenu avec plus de force; je me suis cru encore poète et j'ai rimé votre légende. La voilà, je vous la dédie. Qu'elle retourne à son pays na[illegible], et qu'elle vous y porte les vœux, la gratitude et les respects de

EDOUARD GRENIER.

PERSONNAGES

Pyrgos.

Aphonide.

Amphitrite.

La Nourrice.

Myrrha.

Une jeune esclave.

Chœur des Néréides ; — des suivantes ; — des jeunes filles et des jeunes pêcheurs.

La scène est en Laconie, avant la guerre de Troie.

APHONIDE ET PYRGOS

ACTE PREMIER

Au bord de la mer. — Le soir

PYRGOS seul, assis sur un rocher

Quand au marché voisin j'ai pu vendre ma pêche,
A cette heure du soir où la brise plus fraîche
Vient rider doucement la surface des eaux,
Au lieu d'aller dormir sous mon toit de roseaux
Ou de danser avec les filles et de boire,
J'aime à venir rêver sur ce haut promontoire
D'où la mer jusqu'au ciel se déroule à mes pieds.
O mer ! ô vent rapide ! ô roc où je m'assieds !
Soleil si radieux qui descends et qui plonges
Sous les vagues ! pourquoi m'envoyez-vous ces songes
De bonheur auxquels rien ne répond ici-bas ?
Hélas ! c'est l'impossible à qui je tends les bras.
Malheur à moi ! Malheur ! Une ardeur insensée
Brûle mon jeune sang et trouble ma pensée,
Depuis l'heure où j'ai vu cette nymphe des mers
Ruisselante sortir du sein des flots amers....

(Des garçons et des filles passent en chantant au pied du rocher.)

CHŒUR DES JEUNES FILLES

Sur ce roc entre ciel et terre
Dans le crépuscule du soir,
Quel est ce spectre solitaire
Qui rêve sans daigner nous voir ?

O Myrrha ! c'est ton infidèle....
Allons, Pyrgos, le beau pêcheur,
Descends vers nous, reviens près d'elle !
Ne crains-tu donc pas la fraîcheur ?

Quand on trône si haut, la tête
Peut tourner et tu tomberas
Dans la mer du haut de ton faîte.
Viens plutôt tomber dans nos bras !

CHŒUR DES GARÇONS

Pyrgos, viens rire et boire
Et danser avec nous :
Quitte ton promontoire !
Tu vas, dans la nuit noire,
Effrayer les hiboux.

Viens, l'heure nous invite ;
Il faut se dépêcher.
Garde de nous fâcher !
Si tu ne descend vite,
Nous irons te chercher.

La lutte sera brève
Et ton dépit amer.

Ne fais donc pas le fier :
Tu pourrais voir ton rêve
S'achever dans la mer.

MYRHA

Non, ne l'outragez pas ! Ménagez-le, de grâce !
Il est fier et jamais ne cède à la menace.
Laissez-moi rester seule avec lui ; je vais voir
Si je puis parmi nous le ramener ce soir.

LES JEUNES FILLES

Ah ! tu peux bien rester ! Ta lâcheté m'indigne.
Pyrgos est un poisson un peu lourd pour ta ligne ;
Il a su malgré toi, Myrrha, se détacher.
Crois-moi, tu ne pourras jamais le repêcher.

LES GARÇONS

Myrrha, tu peux rester près de ce fou maussade.
Pyrgos fut toujours fier et mauvais camarade.
Laissons-les donc ensemble ; ils se valent tous deux.
Reprenons notre route ! on peut se passer d'eux.

PYRGOS

Pourquois ne suis-tu pas cette folle jeunesse,
O Myrrha ?

MYRRHA

Je me plais mieux avec ta tristesse
Qu'avec leur lourde joie et leurs amusements.

Tu m'aimais autrefois, et mes meilleurs moments
Sont ceux que j'ai passés, à l'aube de notre âge,
A jouer avec toi sur ce même rivage.
Nous étions deux enfants quand tu me dis un jour
Que tu voulais m'aimer d'un éternel amour.
C'était dans la forêt, sous un noir térébinthe....
Doux serment consacré par une douce étreinte,
Que les sylvains cachés ont sans doute entendu !
Ton cœur était à moi.... pourquoi l'ai-je perdu ?
A qui l'as-tu donné ? Ne peux-tu me le rendre ?
Hélas ! c'est tout au plus si tu daignes m'entendre.

PYRGOS

Je t'ai toujours aimée et t'aimerai toujours,
O Myrrha ! mais mon âme a pris un autre cours.
Une magicienne ou quelque horrible stryge
Sans doute par son art a causé ce prodige.
Je ne me connais plus depuis un certain jour.
O ma chère Myrrha, ne parlons plus d'amour !
Plaignons-nous l'un et l'autre, et d'une âme affermie
Acceptons notre sort et reste mon amie !

MYRRHA

Tu n'as pas plus de foi que tu n'as de pitié !
Moi, je veux de l'amour et non de l'amitié.
Ne m'as-tu pas juré que je serais ta femme ?
Tiens ton serment !

PYRGOS

Jamais.

MYRRHA

Dieux, punissez l'infâme !

PYRGOS

Tais-toi ! N'éveille pas par un triste retour
La haine, cette sœur horrible de l'amour !
Tu n'as que trop parlé ! Laisse-moi seul ! Redoute
Ma colère, et va-t'en ! Ta fureur me dégoûte.

MYRRHA

Oui, je pars, et pourtant je te dis au revoir,
Ton cœur s'amollira devant mon désespoir.
(Exit Myrrha.)

PYRGOS

La nuit descend, le vent fraîchit, le jour recule
Et cède, en pâlissant, la place au crépuscule.
De la terre et des eaux de légères vapeurs
S'élèvent; c'est l'instant où sans voiles trompeurs
Les sirènes, sortant de leurs grottes profondes,
Sur les flots endormis viennent mener leurs rondes.
Oh ! si j'apercevais encor, même de loin,
Celle que j'ai pu voir un instant sans témoin,
Ici, sous ce rocher dont la grotte discrète
Aux baigneuses du bord sert souvent de retraite !
Hélas ! j'ai payé cher cette félicité.
Depuis ce jour mes yeux, frappés de cécité,
Sont fermés aux beautés des filles de la terre,
Et je revois toujours, aveugle volontaire,
La nymphe et ses cheveux touchant le sable fin,
Et cette chair nacrée, et ce contour divin....
— O Jupiter ! Dieu bon, tu sais mon indigence,
Accueille ma prière avec quelque indulgence !

Je te sacrifierai deux agneaux, si tu veux
Te montrer favorable au plus cher de mes vœux.
— Mais que vois-je ? ô surprise ! Est-ce l'effet d'un songe
Ou de mes sens troublés un trop heureux mensonge ?
Un nuage, léger comme un palais de l'air,
Devant moi doucement s'élève de la mer;
Il s'entr'ouvre ; il en sort une forme immortelle....
Ah ! je la reconnais ! c'est elle, c'est bien elle !

AMPHITRITE

Beau pêcheur, que fais-tu tout seul sur ce rocher?
Qu'y peux-tu bien attendre ou qu'y viens-tu chercher ?

PYRGOS

Je n'oserais le dire, et surtout à toi-même.

AMPHITRITE

Dis toujours.

PYRGOS

J'attendais ici celle que j'aime.

AMPHITRITE

Elle ne vient donc pas ?

PYRGOS

Si ! Je la vois enfin,
Et mon œil se repait de son aspect divin.

AMPHITRITE

Comment peux-tu m'aimer? Tu ne m'as jamais vue.

PYRGOS

Oui, je t'ai vue un jour : tu sortais toute nue
De la grotte aux Dauphins, et depuis ce moment
Je t'ai donné mon cœur. J'en mourrai sûrement.

AMPHITRITE

Eh ! que veux-tu de moi, pauvre ami ?

PYRGOS

Je l'ignore.
Te contempler, t'aimer, peut-être plus encore,
Pardonne ! t'épouser, si tu le veux. On dit
Qu'aux nymphes de la mer ce n'est pas interdit.

AMPHITRITE

Y penses-tu ? Je suis mariée à Neptune.

PYRGOS

Qu'importe ? Viens ! fuyons la lumière importune !
Je t'aime, je voudrais te posséder. Je sais
Un antre obscur couvert de rameaux surbaissés,
Où l'ombre serait fraîche et la volupté douce.
Que faut-il aux amants ? Un lit d'ombre et de mousse.

AMPHITRITE

Ah ! pauvre fou ! Le dieu de la mer nous verrait ;
Sa colère est parfois terrible : il te tuerait.

PYRGOS

Eh bien, ne faut-il pas tôt ou tard que l'on meure ?
J'aurais du moins joui de tes beautés.

AMPHITRITE

Quel leurre!
Laisse là mes beautés! Ton hommage pourtant
Me plaît. Pauvre Pyrgos, je veux te voir content;
Mais d'une autre façon que tu te l'imagines.
Écoute, en mon palais, sous les vagues marines,
J'élève loin des yeux des hommes et des dieux
Une enfant qui voudrait voir la clarté des cieux
Et vivre parmi vous. Eh bien, tu peux la prendre;
Je te la donne; ainsi, tu deviendras mon gendre.

PYRGOS

Les dieux ne devraient pas se moquer des humains.

AMPHITRITE

Quoi! tu doutes....

PYRGOS

Non, non, tout présent de tes mains
Sera le bienvenu. J'accepte : mais est-elle
Aussi grande que toi, comme toi fière et belle?

AMPHITRITE

Ses attraits te feront oublier tous les miens.
Elle n'a qu'un défaut, un seul, je t'en préviens :
Elle est muette comme un poisson des mers. Jure
De ne jamais la battre ou lui dire une injure.
Surtout, ne la fais pas parler : elle en mourrait.
Acceptes-tu la loi de ce pacte secret?

PYRGOS

Oui, j'y souscris ; je suis ton esclave, je t'aime,
Et je veux t'obéir toujours, partout, quand même,
O déesse ! De moi fais tout ce que tu veux !

AMPHITRITE

C'est bien. Et désormais j'exaucerai tes vœux.
Je te ferai puissant et riche. Ta compagne
T'apportera pour dot le bonheur qu'on ne gagne
D'ordinaire ici-bas qu'au prix d'afflictions.
Mais souviens-toi toujours de nos conditions :
Tu n'entendras jamais un seul mot de sa bouche....
En revanche, le fils qui naîtra de ta couche
Remplira de ses cris ton foyer conjugal.

PYRGOS

Une femme muette ! Oh ! j'y vois peu de mal.
Je hais ce vain babil de femme, intarissable
Comme l'eau de la mer ruisselant sur le sable.

AMPHITRITE

Tu viens de trop parler, toi : je suis femme aussi,
Quoique immortelle.

PYRGOS

Il faut me pardonner, et si
Je t'ai, par mon propos, ô déesse ! offensée,
Tu le sais, rien n'était plus loin de ma pensée.

AMPHITRITE

C'est bien. Je vais chercher ma fille, et je reviens.

PYRGOS, seul

— Malgré tous les attraits de sa fille et les biens
Dont prétend me combler l'épouse de Neptune,
O nymphe! c'est toi seule, et non pas la fortune
Où j'aspirais. Pourtant, je puis me résigner.
Il est doux d'être riche : oui, c'est presque régner.
Le riche seul est libre, et, par des sacrifices,
Peut apaiser les dieux et les rendre propices.
Il ne travaille plus; il voit de sa maison
Les barques des pêcheurs errer à l'horizon,
Ou débarquer au port les puissantes trirèmes
Rapportant les produits des régions extrêmes.
Il habite un palais au somptueux décor;
Sa table est toujours prête; un lit d'ivoire et d'or
Le reçoit mollement, tandis que sur un signe
Une esclave attentive et blanche comme un cygne,
Dévoilant sans regrets ses naissantes beautés,
Timide et vierge encor se couche à ses côtés.
Moi, je n'ai pas besoin d'une esclave; à cette heure
J'ai mieux. Bientôt, je vais dans ma pauvre demeure
Mener ma jeune épouse, une fille des dieux.
O Pyrgos! que ton sort va faire d'envieux!

CHŒUR DES NÉRÉIDES

Il ne faut envier personne,
Les hommes pas plus que les dieux.

Car, tôt ou tard, une heure sonne
Où le sort reprend ce qu'il donne,
Et rien n'est stable sous les cieux.

O pêcheur! surveille ta vie!
C'est la barque, jouet des eaux.
Aujourd'hui tu crois faire envie,
Mais Némésis, de deuils suivie,
Peut soudain t'accabler de maux.

Sans espoir que tu te l'appliques,
Telle est notre obscure leçon.
Les dieux sont parfois ironiques,
Et la fleur, par des lois iniques,
Peut recéler un noir poison.

PYRGOS

De vagues chants lointains que m'apporte la brise
Font flotter sur les eaux leur rumeur indécise;
Ils me versent dans l'âme une molle langueur....
Je devrais être heureux! Et cependant mon cœur
Sous un poids inconnu se soulève et palpite....
Mais au loin, sur la mer, un char se précipite
Et vole; des Tritons, en cortège joyeux,
Font voltiger l'écume autour de ses essieux...
C'est elle! Elle a tenu parole. Le quadrige
Aux noirs chevaux marins vers ce roc se dirige.
Il approche du bord et s'arrête à sa voix....
O déesse! c'était donc bien vrai?

AMPHITRITE

Tu le vois.
Pyrgos, voici ma fille et l'épouse promise.

Comme un dépôt sacré si je te l'ai remise,
C'est que tu m'as paru digne d'un tel présent.
Rends Aphonide heureuse! Avec elle à présent
Je t'amène Eunoé, sa nourrice fidèle,
Qui saura te servir d'interprète auprès d'elle.
Elle ne l'a jamais quittée, et son désir
Est de la suivre encor jusqu'au dernier soupir;
Car elle l'aime autant que moi. Dès sa naissance
De tous ses sentiments elle eut la connaissance,
Et saura les traduire à ton gré, si parfois
Le cœur de ton épouse a besoin d'une voix.
— Et maintenant, allez! Votre demeure est prête:
Vulcain, pour exaucer ma demande secrète,
Depuis que nous parlons vous a fait un foyer
Modeste, mais pourtant meilleur que le premier.
Il renferme la dot destinée à ma fille.
Adieu! Que dans tes yeux nulle larme ne brille,
Mon enfant, sois heureuse avec ton jeune époux!
Adieu, Pyrgos, adieu tous deux! Séparons-nous.

(Elle remonte sur son char et disparaît.)

CHŒUR DES NÉRÉIDES

O hymen, hyménée!
Venez, jeunes époux, et donnez-vous la main
Pour cueillir en riant les roses du chemin!
O hymen, hyménée!

Si, pour vous, c'est l'hymen qui fit les premiers pas,
L'amour le suit de près; il ne tardera pas.
O hymen, hyménée!

L'amour vole, se pose et part pour revenir
Et s'envoler encor; sachez le retenir!
O hymen, hyménée!

Qu'il vous fasse des jours tissés de soie et d'or,
Où jusques au déclin vous vous aimiez encor !
O hymen, hyménée !

Et que bientôt un fils, assis sur vos genoux,
Fixe la paix avec le bonheur entre vous !
O hymen, hyménée !

Mais à cette heure, allez ! et, la main dans la main,
Cueillez en souriant les roses du chemin !
O hymen, hyménée !

ACTE DEUXIÈME

La maison de Pyrgos

PYRGOS, seul

Les dieux m'ont protégé. Rien qui ne me succède.
Tout ce que l'homme peut avoir, je le possède :
Je suis riche et puissant.... En suis-je plus heureux?
Je regrette les jours où j'étais amoureux,
Pauvre et non marié.
Certes ma femme est bonne :
Une beauté divine éclate en sa personne;
Puis elle m'a donné le plus beau des enfants.
Mais d'un trouble profond en vain je me défends,
Elle me fait souffrir. La nuit, je la tolère;
La nuit a des plaisirs où l'homme peut se plaire,
Sans compter le sommeil, ce père de l'oubli,
Si doux à l'homme après le travail accompli.
Mais le jour : elle est là sans rien dire; son geste
Parle seul à mes yeux; le jour, je la déteste.
Je ne puis pas me faire au silence éternel
De cet être muet, stupide, solennel,
Un cadavre vivant dont l'aspect seul me tue :
C'est comme si j'étais l'époux d'une statue.
Je sens un froid mortel au contact de sa chair;
Elle est restée au fond la fille de la mer;
Insondable comme elle et comme elle perfide.
La femme l'est toujours.

O muette Aphonide !
Je lis bien quelquefois ton âme dans tes yeux,
Mais le fond de ton cœur reste mystérieux.
Ta pensée à la mienne est toujours invisible,
Et ta nourrice en vain me la rend plus sensible.
— A quoi sert de gémir? Aussi je me soumets.
Le sage accepte tout sans se plaindre jamais.
D'ailleurs dans ma disgrâce et cet ennui funeste
La fidèle Myrrha me console et me reste....
— Quel est ce bruit ? des chants ? Les filles des marins
Qui s'en vont à la plage avec de gais refrains.

CHŒUR DES JEUNES FILLES.

Ici-bas toute créature
Bruit, soupire, chante ou murmure,
Tout vibre en longs accords ; tout frappe l'air d'un son :
La source n'est jamais muette:
Le vent gémit, et l'alouette
S'élance et jusqu'au ciel va perdre sa chanson.

Pyrgos est puissant ; il est riche,
Ses champs ne sont jamais en friche ;
Ses barques vont chercher fortune sur la mer;
Il a dans sa cage dorée
Un oiseau d'une autre contrée
Charmant ! mais Pyrgos souffre, et d'un chagrin amer.

O Pyrgos ! cet oiseau si rare,
Hélas ! par un destin barbare,
Même au sein du bonheur reste toujours sans voix.
D'autres oiseaux sur notre plage
T'auraient charmé par leur ramage :
Mais tu les dédaignas : jouis donc de ton choix !

Contentement passe richesse.
Nous, pauvres gens, rien ne nous blesse;
Un facile bonheur habite sous nos toits.
Un grain de mil peut nous suffire :
Nous chantons et nous savons rire.
Adieu, Pyrgos, adieu, jouis bien de ton choix!

PYRGOS

Je crois que leur chanson me persifle et me raille.
Mais leur malice expire au pied de ma muraille.
Le plaisir des petits est d'insulter les grands.
Malheur surtout à qui prospère et sort des rangs!
Il est sûr d'éveiller les clameurs de l'envie.
Passez, enfants, chantez, raillez, je sais la vie.

MYRRHA

Toujours triste?

PYRGOS

Non pas! surtout quand je te vois.

MYRRHA

Tu veux dire : surtout quand tu m'entends. Ma voix
Te plaît plus que ma vue, et je n'y vois nul blâme :
Tu ne peux pas causer avec ta pauvre femme.
Ce silence, en effet, est une dure loi,
O Pyrgos! et tu prends ta revanche avec moi.

PYRGOS

Crois-moi, j'aime à te voir aussi bien qu'à t'entendre.
Jadis ton amitié fut un instant trop tendre.
Mais depuis quelque temps je vois avec douceur
Que tous tes sentiments sont bien ceux d'une sœur.
Tu cherches par tes soins à gagner Aphonide;
Et je t'en remercie. Elle est fière et timide,
Et ne saura jamais gouverner la maison;
Donne-lui des conseils et forme sa raison.

MYRRHA

J'essaie en vain. Je crains qu'une haine farouche
Ne parle par ses yeux à défaut de sa bouche.
Elle m'épie, elle est jalouse et me défend
D'approcher et surtout d'embrasser ton enfant.
Elle se montrerait pour lui meilleure mère
En ne pas exposant sa vie à la légère,
Comme elle fait souvent, trop souvent.

PYRGOS

Que dis-tu?

MYRRHA

Un secret que j'ai dû te taire et que j'ai tu.

PYRGOS

Achève!

MYRRHA

Oui, qu'à la fin la vérité l'emporte :
Eh bien, sache qu'à peine as-tu franchi la porte,

Quand tu t'en vas au loin, jusques à ton retour
Ta femme, la nourrice et l'enfant, nuit et jour,
Se plongent dans la mer en y restant des heures,
Aussi longtemps que loin de ton seuil tu demeures.
C'est de la frénésie et l'enfant en mourra.
Tout le monde le sait.

PYRGOS

Va la chercher, Myrrha !

PYRGOS, seul

C'est trop! J'en veux finir. Que ma femme s'expose,
Très bien! Mais mon enfant! Non pas, c'est autre chose.
Qu'est-ce que cet amour insensé de la mer?
Qu'elle y retourne donc dans ce pays si cher!
Et même pour toujours! Pourquoi, dans ma folie,
L'ai-je épousée et fait ce serment qui me lie?
Ah! j'eusse été bien plus heureux avec Myrrha!
(A Myrrha, qui revient avec Eunoé)
Sans elle! où donc est-elle?

MYRRHA

Eunoé le dira.

PYRGOS

Où laissas-tu ma femme? Où? parle! Je t'engage
A ne me rien céler, ou sinon....

EUNOÉ

Sur la plage.

PYRGOS

Avec l'enfant ?

EUNOÉ

Sans doute. Il ne la quitte pas.

PYRGOS

Va! dis-lui que je veux la voir; presse tes pas,
Et reviens avec elle !

EUNOÉ

O maître! la colère
Peut être quelquefois mauvaise conseillère.

PYRGOS

Que dis-tu ?

EUNOÉ

Que le bain peut charmer son loisir,
Puisque l'enfant y prend comme elle un grand plaisir.
C'est dans le sang. N'est-il pas fils d'un marin?

PYRGOS

Trêve
A tes discours ! Va-t'en et cours vite à la grève.
(Exit Eunoé.)

MYRRHA

Je crains cette nourrice et ses discours retors.
Sois ferme ! Qu'Aphonide avoue enfin ses torts !

Il ne faut pas qu'ici ta femme me retrouve;
Je vous laisse.

PYRGOS

Reviens vite.

PYRGOS, seul

Vraiment j'éprouve
Un sentiment étrange et nouveau; mon courroux
Semble s'être agrandi d'un sentiment jaloux.
Ces bains, c'est le retour à sa première vie.
Fille des eaux, la mer est sa seule patrie.
Son cœur silencieux me fut toujours fermé;
Elle ne m'a sans doute au fond jamais aimé.
Dans le pêcheur Pyrgos elle n'a vu qu'un maître;
Sa froideur m'autorise à le croire, et peut-être,
Quand sa mère à mon sort a voulu la lier,
Aimait-elle un triton et ne peut l'oublier.

EUNOÉ, à Aphonide qui revient avec elle

Sois calme! observe-toi, qu'en toi rien ne l'irrite!

PYRGOS

Nourrice, eh bien, que dit la fille d'Amphitrite?

EUNOÉ

Elle ignore comment elle a pu t'offenser,
Et, le sachant, ne veut jamais recommencer.

PYRGOS

Très bien. J'entends qu'ici tout le monde obéisse.
Ecoutez, Aphonide, et toi, vieille nourrice,
Je vous défends d'aller à la mer désormais.

EUNOÉ

Pourquoi ?

PYRGOS

J'ai mes raisons.

EUNOÉ

Quoi! jamais?

PYRGOS

Non! jamais!

EUNOÉ

O seigneur! qu'as-tu dit? Plus de bains!

PYRGOS

Je l'exige.

EUNOÉ

Quel mal y faisons-nous?

PYRGOS

Je le défends, te dis-je.
Obéir à son maître est le premier devoir

D'une femme fidèle : elle doit le savoir.
Que me dit son regard ?

EUNOÉ

Qu'elle t'appartient toute
Et saura t'obéir toujours, quoi qu'il en coûte.

PYRGOS

C'est bien ; vous ne m'avez jamais mieux répondu.
Ainsi vous n'irez plus nager, c'est entendu ?
— Maintenant est-il vrai que, pendant mon absence,
Sans m'en avoir donné la moindre connaissance,
Jour et nuit, vous alliez vous plonger dans la mer ?

EUNOÉ

C'est vrai.

PYRGOS

Pourquoi ?

EUNOÉ

C'était son plaisir le plus cher.

PYRGOS

Elle n'en manquait pas dans ma riche demeure,
Et sa place était là. Que dit-elle ?

EUNOÉ

Elle pleure.

PYRGOS

De quoi ?

EUNOÉ

De ta rigueur.

PYRGOS

Oh ! les femmes toujours
Pour argument suprême aux larmes ont recours.
Un dernier mot, un ordre, et qu'il soit sans réplique !
A mieux traiter Myrrha je veux qu'elle s'applique.
Je l'aime et je prétends, dès lors, que sous mon toit
On l'accueille en mon nom aussi bien qu'on le doit.
— A vos réflexions toutes deux je vous laisse,
Mais n'allez pas au moins compter sur ma faiblesse.
Mes ordres sont formels sur l'un et l'autre point,
Et vous courriez grand risque à ne m'obéir point.

ACTE TROISIÈME

Même décor

EUNOÉ, à Aphonide

Ne pleure pas ainsi, ma fille, je t'en prie.
Ta beauté par les pleurs risque d'être flétrie;
Et quel meilleur moyen de déplaire encor plus!
Si les hommes sont durs, ils sont changeants; les flux
Et les reflux sans fin de l'humeur conjugale
Dans ce vaste univers n'ont rien qui les égale.
Enfin, si tu ne peux compter sur un retour,
N'as-tu pas ton enfant? c'est le plus sûr amour.
Remets-toi donc! Qui sait? Peut-être que ta mère
Le fera revenir sur sa défense : espère!
Va, tout n'est pas encor perdu. Sèche tes yeux
Et ferme-les au son d'accords mélodieux.
Je vais aller chercher cette esclave qui chante
Et t'a charmée hier avec sa voix touchante.

CHŒUR DES SUIVANTES

Heureux l'État et le pays
Où l'on voit régner la concorde!
Où les maîtres sont obéis,
Où l'amour du juste déborde,
Où dans le devoir on s'accorde
Par des serments jamais trahis!

Heureux le foyer où rayonne
L'union des cœurs satisfaits !
Où dans les douceurs de la paix
Chacun au bonheur s'abandonne,
Où l'âme qui s'ouvre et se donne
Rend grâce aux dieux de leurs bienfaits !

Mais malheur au toit où s'abrite
La discorde entre les époux !
La haine accourt; chacun s'irrite ;
On s'emporte aux soupçons jaloux,
Et Némésis se précipite
Pour les accabler de ses coups.

EUNOÉ, à l'esclave qu'elle ramène

Approche, mon enfant, et dis-nous sur la lyre
Un chant de ton pays, la lointaine Corcyre.

LA JEUNE ESCLAVE chante

J'ai laissé mon cœur au bord de la mer,
Dans un bois de pins où le myrte pousse.
Un silence heureux planait seul dans l'air ;
J'ai laissé mon cœur au bord de la mer.
Nous étions assis tous deux sur la mousse ;
Des voiles glissaient sur le gouffre amer ;
J'ai laissé mon cœur au bord de la mer,
Dans un bois de pins où le myrte pousse.

Quand on est à deux seuls au fond des bois,
Qu'il tient de bonheur dans une heure brève !
Nous étions heureux comme on l'est en rêve,
Quand on est à deux seuls au fond des bois.

Combien faudra-t-il que le jour se lève
Pour revoir cette heure encore une fois?
Quand on est à deux seuls au fond des bois,
Qu'il tient de bonheur dans une heure brève!

Le bonheur passé revient-il jamais?
Qu'est-ce que la vie? une feuille morte,
Un pâle débris que le vent emporte.
Le bonheur passé revient-il jamais?
Les dieux sont jaloux de plus d'une sorte,
Et l'année, hélas! n'a pas plusieurs mais.
Le bonheur passé revient-il jamais?
Qu'est-ce que la vie? une feuille morte.

Faut-il renoncer à te voir encor,
O fleur de la mer, divine Corcyre,
Du ciel et des flots éternel sourire!
Faut-il renoncer à te voir encor?
O bois d'orangers semés de fruits d'or,
Terre où le bonheur dans l'air se respire;
Pourrais-je jamais te revoir encor,
O fleur de la mer, divine Corcyre!

J'ai laissé mon cœur au bord de la mer,
Dans un lit de mousse et de feuilles sèches.
Mais comme un instant heureux coûte cher!
J'ai laissé mon cœur au bord de la mer.
Fleurs du souvenir, ô fleurs toujours fraîches!
Que votre parfum est parfois amer :
Dans un lit de mousse et de feuilles sèches
J'ai laissé mon cœur au bord de la mer.

EUNOÉ

Enfant, ta voix est douce, et ta lyre plaintive,
Mêlée à tes accents, nous touche et nous captive.
Si les dieux t'ont ravie à ta mère et t'ont pris
La liberté, ce bien sans égal et sans prix,
Ne te plains pas, ils t'ont fait un présent céleste;
La Muse, qui console et qui charme, te reste.

LA JEUNE ESCLAVE à Eunoé, en lui montrant Aphonide

Pendant que je chantais, des pleurs de ses longs cils
Tombaient furtivement.... Pourquoi? D'où viennent-ils?

EUNOÉ

Ne t'en étonne pas! elle est douce et si tendre,
Que son âme sans voix ne peut jamais entendre
La voix humaine avec ses sons mystérieux,
Sans que des pleurs sans fin inondent ses beaux yeux.
Elle revoit des lieux et des têtes chéries
Qui passent devant elle en longues théories....
Un attendrissement mêlé de volupté,
De rêve, de regret, de désir enchanté,
L'enlace en la berçant dans un réseau magique.
De là viennent ses pleurs. Et si je te l'explique,
C'est qu'un dieu m'a donné de lire dans son cœur.
Regarde! elle m'approuve et te sourit, ma sœur!
Viens près d'elle! Elle veut te donner en mémoire
Un de ses bracelets où l'or sertit l'ivoire.
Approche!

(L'esclave va recevoir le bracelet à genoux.)

Et maintenant sais-tu ce qu'elle dit?

A son maître et seigneur, si rien ne l'interdit,
Elle demandera qu'un jour il te ramène
Heureuse et libre aux bords de ton île lointaine.

LA JEUNE ESCLAVE

O maîtresse adorée et si bonne! comment
Te dire mon bonheur et mon remerciement?

MYRRHA, entrant

Tu souffres, m'a-t-on dit: Pyrgos ici m'envoie,
Et j'accours te soigner, Aphonide, avec joie.
— Mais qu'as-tu? pourquoi donc ce geste de mépris
Et d'horreur? Qu'est-ce à dire?

EUNOÉ

Ah! tu l'as bien compris.
Aphonide ne veut pas te voir, et son geste
T'apprend mieux que ma voix que son cœur te déteste.

MYRRHA

Et pourquoi?

EUNOÉ

Tu le sais. Vois, elle me défend
D'ajouter un seul mot. Sors vite. Elle prétend
Qu'elle est maîtresse ici. Va-t'en!

MYRRHA

Elle me chasse?
Et si je ne veux pas quitter ainsi la place?

EUNOÉ

Alors c'est différent. Elle me dit, Myrrha,
Que c'est elle, l'épouse, alors qui sortira.
(Sortie d'Aphonide et d'Eunoé avec les suivantes.)

MYRRHA

Elle s'en va, je reste, allons, c'est bon augure,
Mais Pyrgos lui fera payer cher cette injure.
Il faudra bien qu'il juge et choisisse entre nous.
Je veux jusqu'à la mort enflammer son courroux.
— Le voici : la fureur dans ses yeux étincelle....
Tout va bien.

PYRGOS

Est-il vrai que ma femme est rebelle
Et t'insulte ?

MYRRHA

Oui, Pyrgos.

PYRGOS

Alors elle apprendra
Combien elle m'outrage en outrageant Myhrra.

MYRRHA

Connais-tu tous ses torts et toutes ses offenses ?
Elle te trompe plus encor que tu ne penses.
Sais-tu bien qu'elle parle ?

PYRGOS

Elle ?

MYRRHA

Oui, ta femme feint
D'être muette. Juge à quel effort l'astreint
Sa rage de tromper son époux et le monde.

PYRGOS

Elle parle !

MYRRHA

Et très bien.

PYRGOS

Ma stupeur est profonde....
Car sa mère m'a dit et répété deux fois,
Que si je la forçais de retrouver la voix,
Aphonide mourrait.

MYRRHA

Sa mère a voulu rire,
Puisqu'ici, tout à l'heure, elle a bien su me dire
A haute et forte voix de quitter la maison ;
Et pourtant elle n'est pas morte.

PYRGOS

O trahison !

(Aphonide rentre avec l'enfant dans ses bras et la nourrice.)

PYRGOS

Viens recevoir le prix de tes ruses insignes.
Puisque tu peux parler, laisse là tous tes signes!
Je ne suis plus ta dupe. Eh bien, quoi! tu te tais?
Ne lève pas les yeux au ciel, comme tu fais.
Les dieux sont sans pitié pour la fraude et la ruse.

EUNOÉ

Seigneur!....

PYRGOS

Tais-toi!
(A Aphonide)
Toi, parle!

EUNOÉ

O Pyrgos! l'on t'abuse.
Si tu la fais parler, tu le sais, c'est la mort.
O Jupiter! peux-tu la vouloir?

PYRGOS

Ai-je tort
De me faire obéir? Ne suis-je pas le maître?

EUNOÉ

Tu peux tout: manquer même à ton serment. Peut-être
T'en souvient-il encore: on t'a donné sa main
A la condition d'être un époux humain,
Et tu la fais souffrir!

PYRGOS

Et quel est son suppplice?

EUNOÉ

Seigneur, elle venait te demander justice,
Son enfant dans les bras, réclamer tous ses droits,
Et qu'entre elle et Myrrha tu veuilles faire un choix.

PYRGOS

Il est fait. Je choisis Myrrha.

EUNOÉ

Myrrha!

PYRGOS

C'est celle
Que je préfère. Eh bien, voyons, que répond-elle?
Parle, puisque tu sais parler.

EUNOÉ

Elle répond
Que son cœur est brisé d'un choix qui la confond;
Mais qu'elle va quitter ces lieux à l'instant même,
Pour rejoindre ses sœurs et sa mère qui l'aime.

PYRGOS

Soit! qu'elle parte! Adieu, mais je garde l'enfant.

EUNOÉ

O maître ! qu'as-tu dit ! son fils ! tout le défend :
L'enfant est à sa mère ; on ne peut le lui prendre.

PYRGOS, saisissant l'enfant dans les bras d'Aphonide

Tu vas le voir : son bras ne saurait le défendre.

EUNOÉ

Barbare ! oserais-tu l'arracher de son sein ?

PYRGOS

Regarde !

EUNOÉ

Il accomplit son horrible dessein !
O monstre !

APHONIDE, avec un cri

Mon enfant ! mon cher enfant ! Nourrice,
Défends-le ! — Je me meurs. O ma mère ! Justice !

EUNOÉ

Elle est morte ! Contemple en face ton forfait.
Ah ! barbare ! Tu dois être enfin satisfait.

CHŒUR DES SUIVANTES

Quoi ! morte ! ô douleur ! quel vide
Dans nos cœurs et dans nos jours !

Tu nous aimais, Aphonide,
Et nous t'aimerons toujours.
Hélas! contre un sort perfide
L'homme n'a pas de recours.

La mort frappe, inexorable,
Les pauvres et les puissants.
Même avant l'heure elle accable
Les bons et les innocents;
Un destin impénétrable
Nous enveloppe en tous sens.

AMPHITRITE

J'accours au cri jeté par ma fille en détresse....
Trop tard! elle n'est plus.... O coupable faiblesse!
Au serment d'un mortel devais-je me fier?
Lui donner mon enfant et la sacrifier?
— Ingrat et vil pêcheur, pars avec ta complice!
La pauvreté sera votre moindre supplice.
Je te chasse des lieux d'où tu voulais chasser
Celle que dans ton cœur rien n'eût dû remplacer.
Partez! Je livre au fouet des pâles Erinnyes
Vos âmes par le crime et le parjure unies.
— Nourrice, prends l'enfant, pauvre petit qui dort
Sur ce sein maternel refroidi par la mort,
Et dans un rêve heureux semble encor lui sourire.
Viens! nous l'élèverons dans mon humide empire.
— Et vous, filles des eaux, qui pleurez votre sœur,
Faites retentir l'air de vos plaintes en chœur,
Et sur son corps mortel, suivant les lois prescrites,
Des funèbres apprêts accomplissez les rites.

EUNOÉ, à Aphonide

O toi que j'ai nourrie et qui m'aimais si bien,
Donne-moi ton enfant; il deviendra le mien.

CHŒUR DES NÉRÉIDES

Aphonide, ô sœur bien-aimée,
Ta paupière s'est donc fermée
Aux clartés du ciel vaste et pur!
Que ta vie eût été plus douce
Dans nos palais d'algue et de mousse
Cachés sous le liquide azur!

Tu rêvais cette vie humaine,
Vain tissu d'espoir et de peine,
Que la mort déchire sitôt.
Tu fus donc fille, épouse et mère,
Bonheur rapide, joie amère,
Sourire éteint dans un sanglot.

Nous emporterons ta dépouille.
Le sol terrestre altère et souille
Tout ce qui fut vivante chair.
Sur un rythme funèbre et tendre,
Nous, tes sœurs, nous venons te prendre
Pour t'ensevelir sous la mer.

Là, dans une grotte irisée,
Bientôt tu seras déposée

Sur un lit de corail épais ;
Et la mort, la grande muette,
Puisqu'à ses lois tu fus sujette,
T'ouvrira l'éternelle paix !

Montreux, mars 1896.

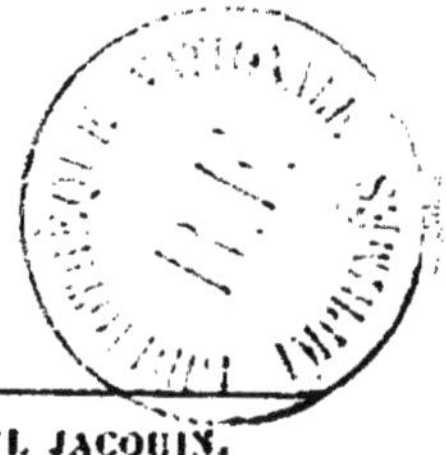

BESANÇON. — IMPRIMERIE DE PAUL JACQUIN.

www.ingramcontent.com/pod-product-compliance
Ingram Content Group UK Ltd.
Pitfield, Milton Keynes, MK11 3LW, UK
UKHW020414220726
13923UKWH00004B/1940

9 782019 724054